飛び散れ、水たち

近江瞬

Tobichire, Mizu tachi

Ohmi Shun

左右社

飛び散れ、水たち

目次

I

空を集める

何度でも夏は眩しい僕たちのすべてが書き出しの一行目

見つけてと素直に言えぬ僕たちのようだねウォーリー同じ服着て

両の手で水をすくえば溢れつつ涙こらえるまぶたのかたち

一滴も残さず母の優しさに包まれたくて、桃缶の汁

ふと君が僕の名前を呼ぶときに吸う息も風のひとつと思う

気が付けばなくしてばかりシャーペンの消しゴムのフタだとか君とか

爪切りの中に散らばるさっきまで君の一部であった三日月

僕たちは世界を盗み合うように互いの眼鏡をかけて笑った

ベランダで黒板消しを叩いてる君が風にも色を付けつつ

学校の屋上だけが透明な聖域として空を集める

黄昏に盗まれてゆく教室で君から充電コードを借りる

万華鏡放り投げればその中の誰のものでもない美しさ

ルーズリーフの輪っかがひとつ欠けていてこれから架かる虹は僕のだ

輪郭線

すこやかな悪意明らむザビエルのトンスラはみな塗りつぶされて

扇風機にまた君がふくらんでいて忘れたままでもいいパスワード

それはもうほとんどたましい　たったふたつの雪見だいふく君と分ければ

みずうみの波の始点となるような声にならない君の耳打ち

ことごとく会話途切れる夏の夜の花火は盛大なる句読点

まちの色を吸い込みながらビニールの金魚と祭りの帰路を泳いだ

開けっ放しのペットボトルを投げ渡し飛び散れたてがみのように水たち

グリコ

吹き抜ける風に手帳ははためいて飛べなくたってペンギンも鳥

僕はまだ行き先すらも決められず丁字路にながくブレーキを踏む

電線に届かず切られる街路樹の生命の高さに制限はあり

永久にかすかな姿　点滅の黄色ばかりが取り残されて

てっぺんにたどり着けない服たちが落ち続けてるコインランドリー

雨に濡れカラーコーンは赤あかと拒むべき誰かを待ち焦がれてて

木々もまた風になびかれ初めての世界の色に戸惑っている

トースターの中にこぼれたパン屑に忘れっぱなしの約束を告ぐ

傘立ての底に溜まった雨粒が粒から過去に変わる夜更けに

夜に立つソーラーパネルは少しずつ角度の違う月を映して

メモ帳がめくられていくもう二度と会えない言葉たちをなだめて

歩行者を数えるバイトの青年が僕をぴったり一人とみなす

各駅停車の扉が開くひとりでに風だけだここで乗ってきたのも

ちぎられて風の模様となる蜘蛛の巣の一筋とじゃれ合うひかり

何歩目のグリコでしたか少年が大人の顔をし始めたのは

海だけが空の青さに逆らって透明色の言い訳になる

長く飛ぶ遠くゆく紙ヒコーキの始まりはいつも真四角の紙

水鉄砲を空へ放てば一定の高さで弾け空とぶつかる

交わる角度求めては

三色の風　永遠の春となる床屋のサインポールを染めて

バス停の余白だらけの時刻表のせいにしてまだ帰らずにいる

飛行機雲の交わる角度求めては遅らせていた夜が来るのを

標識の行き先がみな未来だと突きつけられている帰り道

「ねえ、虹だ」くらいに鮮明なことにしか僕らは指をさせないでいる

その背中《せな》に最後の手として寄り添いてそういえば初めて触れるその背中

言いたくも聞きたくもなき「さようなら」を告げるその君の声になりたい

涙ぐみ去る君の背中《せな》その先の空その先の空のあおいろ

狭き空を飛行機雲が真四角に切り抜いて開く雨の入り口

夜を誘い浸み広がりし雨の中、雨の音だけ覚えてなくて

丸まりしレシートのごと眠りおるバッグや海の底に記憶は

春の夜に丸きマリンバ打つように膨らむつぼみ開く春の夜

僕にしか分からぬ僕と君にしか分からぬ君が桜眺める

散るでなく桜は消えてしまうもの例えば路上の白線の中

葉桜がみどりの中に融けてゆく声から君を忘れてしまう

ふんわりと明るい雨だ　目薬をさせば体に膨らんでいく

はじまりの夏　田園に水張られ陸と空とが隣り合っている

机を埋める

プールサイドから投げ入れた一錠の塩素は夏の香の息をはく

扇風機売り場に入り乱れる風の誘いをひとつひとつ断る

晩夏にブルーシートを掲げれば無数の光に変わりゆく傷

線香花火のひねりをほどきその中のあまりにわずかな火薬に触れる

使い方を知らないボタンに囲まれて放送室に君と僕だけ

吹き抜ける風のつめたさ無機質な番号が下駄箱に振られて

打ち明けたい想いがあって実験の重曹膨らみすぎるこの頃

思い出が濾過されてゆく月光をこわして遊ぶ夜の噴水

溶け切ったアイスが再び固められ薄氷の中に透ける木の棒

エンドロール終えて明らむ劇場で僕らは僕らの話をしてた

キャリーバッグに詰め込み終えて転勤族の頼りない暮らしを引きずった

隣室のベランダに咲く花々に住むと暮らすの違いが香る

慣れ切った静けさのなか黒板の僕の名が手に降らす粉雪

教科書のまだない僕のため友となるだろう君が詰める行間

ひとりだけ春の余韻に戻されて空っぽだった机を埋める

床へ落ち転がってくる消しゴムのあくまで消しゴムだけを拾った

記憶にはない故郷の稜線を画像検索して取り戻す

愛想笑いだったと気付く口角をゆっくり元に戻していれば

曇天にカラスは仕方なく鳴いた　まだ僕は性格を迷った

遠くその夜に触れたい一通のメールで君の画面を灯す

道端にカルピスの缶転がって爽やかすぎる過ちが鳴る

本棚に寄り添うように隣り合う物語のはじまりとおわりが

夕暮れの色鬼

雨の降り始めた街にひらきだす傘の数だけあるスピンオフ

たぶん君に会いたいんだろう小説のまた同じ行ばかり読んでて

花びらを数える手つき　味噌汁のあさりを裸にしてゆく日暮れ

たくさんのジャングルジムの真四角とたわむれて丸く戻りゆく風

セーターの毛玉をひとつ風に乗せ今年最初の雪虫にする

閉じかけた扉に指を差し込めば優しい自動ドアの甘噛み

波色の切手が一枚揺れ落ちて旅のひとつを燃やしてしまう

夕暮れの公園にいていつまでも「赤」を独り占めしてた色鬼

II

英語の海に

ほぐされてゆく朧月　湯の中で香り立つ柚子に指を絡めて

まだ部屋を持たない僕らに境界はなくて地平線も遊び場

気付かないふりも疲れて保護フィルム剥がすみたいに言うさようなら

棄てられた書物砕かれゆく時に偶然が紡ぎ出すセンテンス

均等にホールケーキを切り分けて油田のような苺が転ぶ

錠剤を甘いゼリーで包むよう春を駆使して言うさようなら

君のもとへ電車に乗れば僕はただ乾いたまちに引く細き線

自転車を乗り捨てたまだ背表紙の「起」だけが書かれたあらすじの中

庇うとき跨ぐ境界　中心へ縁から乾きゆく水たまり

半透明な生を探して屋上でひとりっきりの空と向き合う

過去なんてあるようでないすべり台塗り替えられた団地の中で

いまを吹く風　恐竜のほんとうの鳴き声を誰もずっと知らない

雪原に鳥が残した足跡の行き先と逆向きのやじるし

水風船ふくらんでゆく半分は蛇口のこぼす夏の吐息に

あと何度忘れればいい腕時計外して白い手首をさらす

マニキュアに染まりゆくその爪先で弾ける穂先に鳴るオルゴール

踊り場のひかりに飛び込むようにしてドからソへ駆け上がる階段

アサガオが朝だけ咲いて模範的生き方を知る夏の校庭

呼び方を思い出せない粉雪が澱んだ冬のプールに溶ける

逆上がり難なくできてもう二度と分かち合えない痛みが増える

十年後に見て騙されたりしないよう小さめのピースサインにしとく

エプロンの紐をほどけば通販が今日も個人差へと逃げている

きつく蛇口をしめてきこえる甲高い悲鳴にやさしく指をそわせた

やり直すことなどできず固まった修正液に爪を立ててる

渡せずに仕舞う手紙のようにしてゲレンデに夏のあいだ咲く花

まだ文字になれないままのさざ波を重ねるように書く筆記体

病窓を眺める祖母の穏やかな心電図には*u*と*l*だけ

朝凪の中でノートの罫線にうすい水面が静まり返る

無作為

区切られた砂場にひとりどうしても地球に似てしまう泥だんご

「訳あり」と呼ばれてもいい傷付かず生きるのは難しいよな、煎餅

チョココロネのチョコのとこだけ頬張ればそりゃそうなるさ泥棒のひげ

焼きそばのソースの染みた箸先を真夏の夜空へ君が向ければ

君の声思い出してるリスニングテストの問いと問いのあいだに
値下げした肉を手に取る僕らたぶんぎりぎり選ぶ側に生まれて
温もりの抜け殻に似たコーヒーの空き缶にぎる待合室で

ラムネの瓶に閉じ込められたビー玉は眠る円周率の無限と

引き出しに眠るほほえみ永久にひとりぼっちの銀のエンゼル

こんなにも生きたいなんて赤信号の歩道を足早に渡り切る

明るさに星が消えゆく夜にせめて保温ボタンの赤色ランプ

下駄箱は正方形に静まって西陽の影が靴を隠した

夜の道に走り続ける高速の僕らはひかり　抗うほうの

継ぎ接ぎな世界縫い合わす糸に似て横断歩道の白さは夜に

容器ではなくて剥がした蓋に付くヨーグルトに似て、教室に僕

「ジョニー・B・グッド」と叫ぶ　曖昧な僕を確かな僕にするため

自転車のベルと朝日が交差する接点で悲しみはほどけて

教科書の余白に書いた光と青と高さの公式で求め出す空

水風船の割れていくとき弾け飛ぶ記憶みたいにくしゃみするなよ

微かに揺れる

あるいは、都会の祈りは地下にある電車待つ人のスマホのひかり

ガラス戸を背もたれにする透明な冷たさがある一対の秋

通話ボタン押して耳へと添える間に電波は無音の風を聴かせて

逆らえないならばせめてとそのままに横に倒しておく砂時計

雲に消えゆけるカモメのくちばしの黄色が空の付箋となって

かごのなか収集車を待つ瓶たちの粉々になるほうの透明

手袋の綻びすらもさり気なく過ぎ去る今日に手を振っている

色混じる事なく掛かる虹見れば分かり合えない事の嬉しさ

擬音語が光にもあり散る星と正当化されていたかなしみ

こころならはじまりの細胞にある手のひらできみの心音を聴く

きえる、きこえる

寝静まる夜の校舎にひとつだけ開けっ放しの窓を作った

放課後は時のいたずら黒板の日付は明日となってまどろむ

サックスは低く響いた内側を照らす光を塞いでゆけば

夜　君のつめを切る音聴きながら卵置き場に並べるたまご

ライダーが変身ポーズを決めるため用意されてた足を置く石

真夜中の構内照らす自販機が自ら光を止められずおり

夜の海確かに君を感じつつ僕は僕だけと話し続けた

浮輪ごと波に飲まれて浮くまでの嘘みたいだろ、夏の静けさ

飲み込んだ海の一部を返すとき魂のごと糸引く唾液

消えかけてゆく茜空見つめつつ握りしめてた粘着テープ

小数点以下だと思う僕たちがゆとりのせいにした放課後は

上塗りの赤剥がれゆき青覗く二つのブランコの距離は変わらず

筆談で祖父は「へへへ」と笑い声を書き足している険しき顔で

遮断機の周りに茂る雑草は空へ空へと根を張るように

濃い霧へ打球は消えて歓声の中から声が聞こえる　「走れ」

友達とケンカした日に握ってた鉄棒の錆のこげ茶のにおい

フィルムのケースいっぱい詰め込んだ夏と、あと、笑わないでよ、砂鉄。

不規則と規則の音でゆく電車の車窓に沿ってとんぼ飛んでる

半分の月

まるで春の罠みたいだな制服のリボン外して微笑む君は

代わり映えしない真昼に君がいて誓いのような目線をくれた

携帯の画面に反射した月の半分だけが夜にまぶしい

あふれだす想いのように便せんに濡れたいのちで切手を添える

ビニールの中の金魚におそらくは最初で最後のまちを見せてる

傘閉じる時にいくつか話すべき言葉を失くしてしまう気がする

剥がされたシールの台紙は清らかにひるがえる花びらを真似した
秘め事のように交わした約束に傘立ての底で揺らぐみずうみ
腕時計から反射したお互いの薄い光を重ね合わせた

一枚のもみじが川面に映えながら奥入瀬は擬音語に似たひびき

靴ひもが切れてしまっても「かなしみの言い訳のための予約」と君は

タイムカプセルに手紙を入れながら早く忘れることを願った

化粧品売り場に足を踏み入れるキスになるたくさんの赤色

取り込まずワイシャツを月光にさらし悲しみも消してくれと願った

シーソーが夜風に揺れる人知れず比べたかったものばかりある

たぶんこの公園を更地に変えてしまう一本の釘を拾った

公園に広さはいらず求めたのは決して奪われはしない高さだ

放たれた風船に似て子どもらは鬼に背を向け散らばってゆく

寒さにも匂いはあって次の駅では次の駅の僕らが乗った

トンネルの耳の痛みに忘れかけていた記憶が上書きされて

窓の溝に無数の羽虫が横たわる真実をいつも見せる世界は

吊り革の一つを揺らす間もあかず再び揺れは均等となる

バイバイと手を振るみんなに手袋の中でチョキを出してはみたけれど

飛び方を知らない僕らが折っている言われた通りの紙ヒコーキを

27枚の最後を決められず君と手ブレの夜を写した
常温のまま保管したアルバムが忘れればその分だけ灯る

夏のひとかけ

僕が持つ見送るための時刻表君が好んで座る二号車

白線が駅のホームに伸びている「またね」と言うよここを越えたら

「さよなら」の音だと思う発車ベル鳴り響き終えた時の余韻が

君だけを乗せてゆく箱まだ空は名残惜しそうに青を放さず

靴底に溜まった砂場の砂を捨て「あっ」とつかむ夏のひとかけ

ちょうどいい小石を蹴って陽は沈むそろそろ蝉の声が止むころ

傘の骨から剥がされたビニールが最期に風の身体になった

あみだくじに横棒を足す真夜中にぶつかることをやめた彗星

なお君を他人に括る線引きの曖昧になってゆく家族割り

一斉に運転席の窓はあく防災無線がまちをなぞって

ハーモニカ吸い奏でれば僕のなか消えゆくドレミファソラシドレミファ

雨粒が舗装路のひびを流れきて僕を境にわかれて止まる

三人が車内に揺れてそれぞれのスマホに反射する月の色

カーテンを開ければうすい朝の陽をお手玉して遊ぶ三面鏡

Wi-Fiがうまく拾えずあの夏のプールサイドの体育座り

僕たちが駆ければフードは膨らんで秋空を掬い上げるスプーン

落書きをしようよ北斗七星になれないかすかな星を繋いで

コピー機を開いたままで縦長の光に写しとらせる世界

火傷あと気持ち悪いって言いながら触りたそうなときの顔だね

死者の目を閉じゆくように封筒の頭を撫でて糊付け終える

まだ割れることを知らない空中の瓶だよ僕らの今は例えば

立入りを禁止されてる屋上にあがれば広がる空も同罪

嘘付きの始まりですか目薬をさせば苦味が口に広がる

学芸会の幕が開けば僕たちは少しのあいだ名を捨てられる

景色の方が動いたみたいまたそれも間違いじゃないような気もして

シャボン玉こわした方のその手だよ君の利き手になる右の手は

小指の先

無人駅のベンチの裏の約束を空にさらしている水たまり

海岸に張ったテントで僕たちはかすかにともるランプになった

夕凪に金平糖の甘いとげ溶かして君に嘘をついてる

晩夏に使える魔法はひとつだけ虫取り網で描く八の字

内側に未来を抱いてトイレットペーパーその芯だけは空白

優しさは抱きしめるだけ月光がソーラーパネルに照り返されて

ゆびきりに小指の先は赤らんで離れれば血の通う淋しさ

地図から消える

ショベルカーが嘆きの姿で挙げた手を風が寄り道しつつなだめた

平成の空気を瓶に閉じ込めて今だけはあざやかな透明

午前二時すべての従業員たちが育てたイントネーションが降る

「とりあえずビール」みたいな要領で伝えてみたいことはあるけど

真っ先に夜を受け入れて教室のロッカーは寝静まっているけど

スカートがなびいて秘密を抱え込む心を折り目のひとつひとつに

ランドリーに君の手紙も回りだし少しずつ永遠に似ていく

体操をするのでぶつからないように皆バラバラになってください

叫び声かと思ったよ玄関の暗いポストに落ちる封筒

東京をマクドナルドが赤色に染め上げた店舗マップを閉じる

店員の眠気につられ欠伸するコンビニの自動ドアに朝焼け

分かり合えないと知りつつ隙間なく重なる揃いで買った茶碗は

月明かりのうすさの中でとうとつな終わりを予約して眠る君

主役にはなれない方の少年が手放し損ねたゴールテープを

映写技師の休憩中に食べこぼすパン屑にもひとつの物語

てんてんと雨降り始め幼子が追いつかなくなるまで数えてる

上靴を隠したことのばれた日のシーソーの向こう側に陽だまり

初出勤する母さんの「わたしらしく」を丁寧に過ぐ四月の風が

夏の雨は膨らんで降る合歓の木の雄蕊を消えない花火と決めて

僕の中に広がる海で見失う粒そのままに落ちたミンティア

味噌汁を温め直すとりかえしつかない過去をまた中和して

夕立に道路は濡れて始まりを僕は微塵も覚えていない

嵩増しのコーンフレークふやけだし僕には僕すらだませなかった

理科室に豆電球は灯されて儚げな星空のオマージュ

廃校となった母校をもっと消すように更新する地図アプリ

やみくもに包装紙やぶる子をおもう重機がかつての校舎を噛んで

校庭に刺されたままの鉄棒に三段階の時間が止まる

この道を渡る

もう君は郵便ポストの中にある僕の手紙を開けはじめてて

アドバルーンの始まりのことさっきまで虹の仲間と思い続けて

うん、好きさ、洗濯ばさみの真ん中にある針金に誓ってもいい

透明なガラスで水を飲む時に底から見える舌のうごめき

昼食を食べ終えた君が腹に手を当ててしゃっくりしたの見てたよ

言いたかったことは言えたでしょうか？　世界改め、こちら春です。

おこられた時だけ見てた夕焼けの真ん中の丸　赤ペンのバツ

ビー玉がラムネの瓶に閉じ込めたひかりの味がちょっとだけする

海と川の交わる部分の水のこととりあえず「感情」って呼んでる

午後五時のチャイムのように受話器から一秒前の君の声する

雨の日のポストの上に置かれてる絵日記濡れて香り出す過去

ステージの右上にある薄っぺらい三日月の剥がれかけた銀紙

詰め替え用の場所が分からず空っぽになりかけたシャンプーに水を足す

雨の日は傘に包まれ僕たちの薄い一つの影を撫でよう

くだらないおまじないいって笑いつつまた君が僕の靴下を履く

世界中でただひとつだけの鍵穴に合う鍵を僕たちは揺らして

この道を渡ると帰ってきた感があってふたりは暮らしになれた

「トラ」と名付けた野良猫も三代目となってほとんど黒猫になっている

チューニング狂ったピアノの鍵盤を叩けば安心して揺れる星

ため込んだ悲しみ不良少年のバイクが「タラレバタラレバ」と鳴く

かどっこの欠けた氷が手のひらに溶けて無音を飲み込んでいく

軽トラの荷台に転がる人参のいびつさ　何度も許されてきた

朝靄に信号の赤は滞空の長い小さな陽のふりをする

結局は空が広いということを明らかにするだけのビル群

傘を出て投函口に着くまでの雨粒にひどく膨らむ宛名

カメラロール

髪先に触れる仕草のまま君が夕陽絡めて出る美容室

赤信号が埋めてくれてる僕たちの合わない歩幅が生んだ遠さを

細胞のひとつひとつは水たまりヨーグルトには遠浅の海

セロテープに残されている白昼の銀河のような君の指紋は

逆さまに鋏を渡す僕たちは傷つきやすいものと知りつつ

風呂の床に張り巡らされた溝に添い剥がれるように水乾きゆく

誘われて断った日の翌朝の卵黄あてつけのように膨らむ

火加減を確かめる君の両の眼に濡れた炎が揺れてやまない

どちらからでも切れますの小袋を破れば約束は染みとなる

沈黙に言えないセリフは降り積もりカルピスサワーの底だけ白い

会計を終えて手に取るレジ横の飴　忘れ方は習わなかった

下降するエレベーターの中にいて夜に立つビルを泣かせてしまう

背をむけて互いが歩きだす帰路に定まらぬさよならの口角

すぐ折れてしまった傘と帰宅して手探る玄関へと月明かり

アルミ箔の凹凸をなでる手のひらに戻ることない日々のちくちく

スイッチを切り忘れつつ電球を替えれば明るさに焼かれる手

テーブルの四方に確かな果てがあり怒れば怒りを僕がいなして

たった二秒でカメラロールに過ぎてゆく出会って別れるまでの三年

悲しみを忘れる儀式　アイロンをかけつつ人は正座などして

Outlook Expressの未読メールを一気に開封して風は吹く

ここからが二丁目

ツイートに（舌打ち）とあり舌打ちのイデアが僕の中に響いて

輪廻への回廊のよう地下通路に人の背中を追って歩けば

たった一度の役目を終えて試食用つまようじのバラバラの針先

西内海橋の表札の文字は達筆で西と内とのわずかな隙間

ずいぶんと年下だった逢坂さんと互いの実家の近くで会えば

君は手をすぐに放した新品の靴で出歩くみたいに照れて

泣かないで君が願えば人生はよろこびが多めのわんこそば

もう夢を見ているみたい塩炒りの銀杏くらい目を開けながら

死亡事故現場の近くにある花屋　節目近づき菊花仕入れる

私からわたしを引けばおそらくはあなたに近いかたちが残る

夜の道に浮かぶ遠景　ふるさとは例えば寝そべるイオンの灯り

もう家に帰ろう「ん」までたどり着くこともなく終わるしりとりをして

ここからが二丁目ねって県境をまたぐくらいのよろこび方で
覚えてて　きみが産まれるとき僕はきみとおんなじくらい泣いてた

Ⅲ

句読点

塩害で咲かない土地に無差別な支援が植えて枯らした花々

途切れつつ防潮堤は横たわる現場の作業員は足りない

新聞を折り込み終えれば手に黒が移ってほかの色は移らず

上書き保存を繰り返してはその度に記事の事実が変わる気がする

母親を津波で亡くした男性の支援の女性と結ばれて二年

雨降れば傘開くのみ原因と結果は結果が後にしか来ず

戻らない時間のように川沿いの風車は時計回りに回る

「話を聞いて」と姪を失ったおばあさんに泣きつかれ聞く　記事にはならない

あの時は東京で学生をしてましたと言えば突然遠ざけられて

継続的支援が大事と書きながら続けば報道価値はなくなる

忘れたいと願ったはずのあの日々を知らない子どもを罪かのように

Uターンの理由は震災かと問われ「まあ」と答えてはぐらかしてる

僕だけが目を開けている黙祷の一分間で写す寒空

三月の祈り震わすサイレンに「長いね」あの日を知らぬ子と草

目を閉じて心を開く祈りとはなぜこんなにも容易いかたち

たくさんの風船が空に溶けてゆく決して消えないものの代わりに

三月十二日の午後二時四十六分に合わせて一人目を閉じている

薄く目を開ければ水面は広がって聴く風は少し波と似ている

避難路の整備のために立ち退いた寿司屋が廃業する八年目

地方創生を語った全国紙記者たちの異動を違わず栄転と呼ぶ

次は十年そしてその後はどうだろうという捨て台詞が頭に残る

七年を経たご遺体の取り違い記事は謎解きのように複雑

よそ者も若者もバカ者も皆、地方のしがらみに染まり出す

生きられれば良かった日々も七年が過ぎれば全教室にエアコン

被災地視察に新大臣が訪れる秘書の持つ傘で濡れることなく

仮設から復興住宅へと移る壁の厚さをさみしさと呼ぶ

必要というのはせっかく復興庁の予算を充てられるからということ

図書館も被災してれば国の金で立派にできたのになんて言葉も

あの時に描いた復興後の街がパラレルワールドみたいに思え

句読点の付け足されゆく校正の各所で開く赤い雨傘

1日と1分

きっと今から悲しいシーンに切り替わる涙の雨と書けば簡単

今年の3月11日の天気予報は雨だった。「そうか、雨か」とそれだけを思った。何年か前のその日は曇り予報の中、少しだけ小雨が降った気がする。何年か前のことであり、何年前のことだったか、正確には思い出せない。

東日本大震災の節目が近づくたび、また、その日を迎えるたび、天気すらもう二度と取り返すことのできない〝あの日〟とともにあることを思い知らされる。3月の雪はもう、あの日を経験した人々が生き続けているかぎり、震災の時の雪の面影を重ねられ続ける。

「あの日は雪だったね」

「明かりが消えた中で星がまぶしかった」

そう、海がもたらした凄惨な記憶は、空とともに語られる。

当時、大学生で東京にいた僕は、卒業後に就職した東京の仕事を平成25年の夏に辞めて、地元石巻市の新聞社に入社し、現在まで記者としてペンを握っている。だが、いかに長く石巻に暮らそうと、僕はあの日の惨状を知らないし、雪を知らない。絶望の中で見る星の輝きも知らない。最大被災地とされる石巻で記者をする中で、当時の記憶を持たないことの劣等感が消えることはこの先もないだろうと思う。

雨の予報を見て、3月11日当日の震災記事の文章を担当する先輩記者が言う。

「そうか、涙雨か」

小雨とは言えない雨で県警の一斉捜索中止と決まる

今年の3月11日は天気予報通りの雨だった。涙雨と言うには横殴る風は怒りのような音を立てていた。宮城県警が予定していた行方不明者の一斉捜索は、小雨決行とあったが、この風雨で早々に中止が決まった。紙面の記事が一つ減る。

この節目を迎える数日前から、表現しがたい重みが心に影を落とすのはきっと僕だけではないと思う。そうして迎える当日は、誰もが何かを話さなくてはいけないようであり、一方で、何も話してはいけないような雰囲気が街を包む。普通通りの日常を送ること。それをすればするほど、その対極にあるそれぞれのあの日が浮かぶ。たとえ今、ここで同じ時間を過ごしていようとも、確かにバラバラだったあの日の。

普通という暮らしの中に物言わぬ３１１のうるささは満ち

その無音のうるささと対照的にＳＮＳではある種の決意や回想が封を切ったかのようにあふれ出る。地元石巻の人、東京時代の友人ら、震災支援で訪れ今は遠くにいる人々。「つながっていよう」「忘れないでいよう」「覚えているよ」。口には出せないかわりＳＮＳでたくさんの心がうるさい。「マスコミはこういう時だけ」と、こういう時だけいう人。「忘れちゃいけない」と言う人の前日の投稿にあるディナーの肉がおいしそうだった。忘れてもいいし、つながってなくてもいい、普通でいてほしいけれど、それは本当に難しいことなんだと思う。

階段を僕より先に上がりし人の足跡が鮮明に濡れつつ

何人もの記者が取材に行っては、せわしなく帰社し、そしてまた出ていく。次第に近づく節目の時刻。あと30分、あと20分、あと18分。時間は意識すればするほどに遅くなる。逃してはならないし、サイレンで逃すはずのない時間を待つのは不思議な気持ちだ。何も起こらない、何も生まれないはずの１分間を待つ。雨が少しだけ弱くなる。風は強い。献花の花が風に強く揺れる。あと16分。僕らはいったい何を待っているんだろう。誰かのために、自分たちのために、確かに不確かな１分間を待っている。

いくつもの傘が開いていつもより物憂げな顔を許してしまう

強い風と弱い雨の中でも、傘を差す人たちの背中がある。風の強さに傘を閉じてフードをかぶる人たちもまたいる。寒さや冷たさが人々の表情を隠していく。もうすぐサイレンが鳴る。操作ミスで去年は数十秒遅れ、一昨年は鳴らなかったサイレンが、ミスがなければもうすぐ鳴る。一人が時計を見る。そして、それを見た別の一人が同じく時計を見る。

そうか雨か、そうか雨か、とつぶやいてひとつひとつの雨にサイレン

予定通りサイレンが鳴り響く。僕らが感じていた胸の影を強引に塗りつぶすようなうるささで。空気が震えるのが分かる。分かろうとしている。音を体で聴いている。

黙祷を終えてなぜだかさっきよりうまく笑えている気がしてる

翌日の新聞各社の紙面に「涙雨」の文字があった。人間はどこまでも単純で傲慢だなと思う。悲しみの日に雨が降れば、雨を自分たちのものにしようとする。あの日から8年が過ぎて、僕たちの何が変わったのだろう。友人を失い、家族を失い、友人を得て、家族を得て、居場所を失い、居場所を得て、夢を語り、夢に破れ、夢を見る。あの雨も、一分間も、震災があったからあるわけじゃなく、ずっとそこに当たり前にあった。僕たちの何が変わったのだろう。何が変わるはずだったんだろう。何を勝手に変わろうと思ったのだろう。

午後2時46分の黙祷を終えた夕方、一時的に晴れ間が広がった時、石巻を覆うように大きな虹がかかった。ＳＮＳでは、それぞれがそれぞれの生活の中のいるべき場所から撮影した様々な角度の虹が、「希望の虹」という言葉とともに投稿されていた。

運命の再会果たす番組の白々しさに虹は消えゆく

狭間に揺れる

本棚の震災書籍の背は焼けて古い歴史の本に見えた日

8年半前、僕の故郷である宮城県石巻市は被災地となった。当時、都内の大学3年生だった僕は、ちょうど就職活動真っ只中で発災の2週間後に最終面接を控えていた。「帰った方がいいか」。3月14日にようやく電話のつながった父に聞くと、「帰ってこられても食料が一人分減るだけ」と言われ、結局、僕が震災後に初めて石巻に戻ったのは発災から1カ月以上が過ぎた4月の後半だった。大学卒業後に2年間働いた都内の前職時代、東京の人々は石巻を故郷に持つ僕を被災者の一人として気遣ったけれど、石巻に暮らせば、あの日を知らない僕はやはり被災者ではなかったと知った。僕は、当時ここにいなかったことを聞かれるまで、言わない。

サイレンを無視して笑う人のいて何に怒っているんだ僕は

3月11日が近づけば、個人の体験に焦点を当てた取材が増える。人の話を聞きながらノートにメモを取る際には、話すのが早い人もいれば、遅い人もいる。書き殴る文章は次第に途切れ途切れとなり、いつしか単語の羅列となっていく。会社に戻り、汚い文字を頼りにパソコンに向かって記事を打つ。それぞれから語られた複雑な感情が、断片としてそこにはある。気が付くと記者歴もいつしか6年を超えていた。

波打ち際の泡すくい上げ手のひらに小さな海の呼吸が終わる

小さな新聞社だ。取材して記事になれば、当然のように車に乗って届けに行ったりもする。直接手渡して、目の前でその人が、僕の書いたその人の物語を読む。手渡してそれで帰るわけにもいかず、茶と茶菓子をごちそうになることもある。相手が安心してくれればと思い、「僕もここが地元です」と伝えるように方言をいつもより大げさに使った。

自動点灯する街灯が曇天の午前八時にまばらに灯る

人の喜びや悲しみで僕らは食べている。けれど、それがどちらになるかを僕らは選べない。現実に起こったことを鏡に映したように記事にしていくのが記者の仕事だと聞かされてきた。記者の一人一人が同じように鏡を持っていても、当然ながら同じ記事になることはない。

まとめるのうまいですねと褒められてまとめてしまってごめんと思う

2年前に結婚をした。妻と出会ったのは、震災ボランティアで石巻を訪れ、その後移住した女性が仮設屋台村の一画に開いたお店だった。そういうことは多くある。もしかしたら僕が今、仲良くしている友人たちは震災なくしては出会えなかった人たちの方が多いかもしれない。

あと五分早く起きてれば続いてた愛もありそして逆もまたそう

籍を入れる時、本籍をどこにするかを選べた。妻と相談し、もともとの僕の本籍で、震災以前まで祖母の暮らしていた石巻市の海沿い、渡波《わたのは》地区の松原町に決めた。祖母は幸い避難して無事だったが、家は全壊した。８年が経ち、現在は新たに整備された防潮堤の下にある。

海に沿う地名の由来を紐解けば波が渡ると書いて「渡波」

この街の輪郭が変わっていく速さはすさまじい。復興庁の解体が残り１年と少しに迫る中、工事はさらに急ピッチで進むようになった。先週に通ることのできた道がなくなり、新たな迂回路ができる。そしてその迂回路も近くなくなるだろう。いたる所に工事の看板が立ち並ぶ。

五十メートル先工事中の看板が立つこの場所も工事している

不思議なことだと思う。失えば懐かしみ、あれば当然と思う。「故郷」と文字にすれば、「故」は失われるからこそ強く思うことのようでもある。震災を知ることなく、この世を去った祖父も新聞記者だった。その祖父の墓に線香を手向け、手を合わせる。祖父の生まれ育った松原町にもう松原はない。

消えるほうばかり尊い線香が灰と煙に分けられていく

石巻の発展を支えてきた一級河川の旧北上川。それまでにはなかったその河口や海沿いに堤防が整備されると決まった時、川が、海が見えなくなるという多くの声が聞かれた。それでも工事は進み、気が付けば景色だけでなく、その声までも遮られていった。

川沿いの堤防の完成を祝う式典が開かれ、白く新しいその場所に立つと、石巻特有の強い風が吹き抜ける。太平洋へと注ぐこの川の風は、いつだってどこか海の香りがする。それまでにはなかった高さから川を、そしてその先の海を望むと、高い堤防がなければ知りえなかったその眩しさの中に、僕は、今になれなかったたくさんの今を見ていた。

今という狭間に揺れる水面のひかりに隠れている暗がりは

解説　虹は消えゆく

山田航

何度でも夏は眩しい僕たちのすべてが書き出しの一行目
見つけてと素直に言えぬ僕たちのようだねウォーリー同じ服着て
僕たちは世界を盗み合うように互いの眼鏡をかけて笑った

『飛び散れ、水たち』はまぶしいほどの青春歌集であり、同時に青春の終わりの苦さが詰め込まれた歌集である。前半は、喪失感と不全感を共有したいと願う「僕たち」の姿が、みずみずしい文体で描かれる。

逆上がり難なくできてもう二度と分かち合えない痛みが増える
夜の海確かに君を感じつつ僕は僕だけと話し続けた
小数点以下だと思う僕たちがゆとりのせいにした放課後は
何歩目のグリコでしたか少年が大人の顔をし始めたのは
曇天にカラスは仕方なく鳴いた　まだ僕は性格を迷った
本棚に寄り添うように隣り合う物語のはじまりとおわりが

世界に対する違和感を分かち合うことで、「僕たち」は生きている実感を得ようとする。このひりひりとした甘さは、まさに青春詠の王道だ。けれどこの歌集にとって青春詠は、つねに輝かしい「過去」の中にある。「僕たち」という主語で世界を語れると思っていたこと、「分かち合える」と感じていたことへの幻想を自覚し、自分ひとりだけのための喪失感と不全感を受け止めなくてはならないことに、しだいに気付いてゆく。成長とは、結局のところ喪失にほかならない。この歌集は、「ビルドゥングス・ロマン（成長物語）」としての条件を備えている。その一方で、「成長」に対する絶望もまた表明されている。その絶望が、物語ではなく短歌という形を選ばせているのではないかと思えるほどに。

過去なんてあるようでないすべり台塗り替えられた団地の中で

午前二時すべての従業員たちが育てたイントネーションが降る

廃校となった母校をもっと消すように更新する地図アプリ

これらの青春詠は「学校」という空間と分かちがたく結びついているが、それはどこの街でも代入しうるような、匿名的な空間として描かれている。ページが進み、「成長」という名の喪失を重ねていくほどに、その背景となっている空間は具体化して、くっきりとした輪郭を持つ仕掛けになっている。

なお君を他人に括る線引きの曖昧になってゆく家族割り
「とりあえずビール」みたいな要領で伝えてみたいことはあるけど
たった二秒でカメラロールに過ぎてゆく出会って別れるまでの三年

出会いや別れを繰り返してゆくたびに、「僕たち」はたった一人の「僕」へと脱皮してゆく。しかし、それを「大人になってゆくこと」として物語られるのは拒んでいる。ある一瞬に心へと兆した瞬間的なロマンティシズムが語られることはある。しかし、「変わってゆくこと」は単なる事実でしかなく、ロマンとして語られるものであってはいけない、という抑制をつねに歌へと働かせている。彼にとって抒情はつねに「点」であり、「線」にはならない。

ルーズリーフの輪っかがひとつ欠けていてこれから架かる虹は僕のだ
「ねえ、虹だ」くらいに鮮明なことにしか僕らは指をさせないでいる
アドバルーンの始まりのことさっきまで虹の仲間と思い続けて
運命の再会果たす番組の白々しさに虹は消えゆく

歌集全体を覆う象徴的なモチーフとして「虹」がある。序盤の虹ははっきりと鮮明な姿を持ち、決して手の届かないはるか遠くの空にかかる、青春の希望の象徴であった。しかしその「虹」は、ページを追うごとに鮮やかさを喪失してゆく。そして最後には、跡形もなく消失する。

あの時は東京で学生をしてましたと言えば突然遠ざけられて

Uターンの理由は震災かと問われ「まあ」と答えてはぐらかしてる

たくさんの風船が空に溶けてゆく決して消えないものの代わりに

地方創生を語った全国紙記者たちの異動を違わず栄転と呼ぶ

そうか雨か、そうか雨か、とつぶやいてひとつひとつの雨にサイレン

まとめるのうまいですねと褒められてまとめてしまってごめんと思う

「虹」が消失する決定的なターニングポイントとなったのは、二〇一一年三月十一日の東日本大震災である。故郷石巻が甚大な被害を受けたこと。自らはそのとき東京にいて直接の被災を経験しなかったこと。地元新聞の記者として、石巻で暮らしてゆく日常を選択したこと。まぶしい青春の世界は決定的に終わりを告げ、「僕たち」の幻想を完全に振り切った「僕」として、たった一人の輪郭を持って生きていく覚悟が、文体そのものを変化させるに至っている。

しかしながら、この歌集を「震災歌集」として括ることはきっと正しくない。本質にあるのは、普遍的な青春の記憶を封じ込めたいという強い願いである。「変わってゆく」「なくなってゆく」ことは誰にも止められない。ただ、「僕」だけはそれを憶えていたいのだ、という。「僕たち」はいつか「僕」になり、そしてさらには社会性を帯びた「みんな」になってゆく。東日本大震災はこの歌集に「みんな」の視座が生じる決定的な事件として登場する。あなたにとって、「みんな」の視座が生まれた瞬間はいつですか。この歌集は、そう問いかけるかのように幕を閉じる。「物語」ではなく、「瞬間の積み重ね」として、人生は変わりながら続いてゆく。

あとがき

少し歩けば、海につく街に育った。

万石浦《まんごくうら》という湾と太平洋がつながる場所。その間をつなぐ部分の名前は今も知らない。

子ども用の安い釣り竿を、あとはもう投げるだけの状態で家を出て、釣りに飽きたらそのまま海に入るような幼少期だった。釣った小さな魚をバケツに入れて持ち帰ると、いつも母がから揚げにして出してくれた。

「海」と聞くと、心が南を向くのは太平洋側に育ったからだろうか。日本海側に育った人は北を思うのかもしれない。岸壁にある小さな漁船から海へ飛び込む時、踏み込んだ足の力で船が少しだけ沈んだのをはっきりと覚えている。

中学校の頃から、ずっと詩とも散文ともつかない言葉をノートや携帯のメモ機能に綴り続けてきた。コップに揺れる水を見て、すぐに海とつなげてしまうような浅はかさで。ノートの文字は消えなくとも、ノートはいつしかどこかに消えてしまったし、携帯は機種変更とともに今はどこにあるのかも分からない。

短歌には、古本コーナーで偶然に手に取った俵万智さんのミニ歌集『あれから』で出会った。タイトルの『あれから』は「東日本大震災から」の意味。発災当時、仙台市に暮らしていた俵さんが子どもを連れて石垣島へと移住するまでを詠んだ一冊だった。三十一音という定型に収められた言葉の強さに打たれ、およそ五年が経った今、こうして歌集を編んでいることに不思議な縁を感じる。

普通に生きていることがどれだけ素晴らしいか。ただ暮らしていることがどれだけ素晴らしいか。あの日から突き付けられ続けてきたように思う。生きていることや今のこの瞬間の自分の言動に、大いなる意味を求めたくなることはあるけれど、やはり僕らは無意味な時間を精一杯過ごしているだけに過ぎない。

靴紐が切れたり、ビニール袋が風に膨らんで飛んだり、打ち寄せる波の半分が砂浜にしみ込んだり、君と眼鏡を交換してみたり、開けっ放しのペットボトルを投げ渡してみたり、悲しくて海に来てみたり、うれしくて海に来てみたり。僕らはいつだって無意味で、だからこそ美しい。誰かにとっての意味ではなく、ただ僕らにとっての意味にあふれる世界を生きている。

短歌は、世界の無意味を僕らの意味へと変えてくれる。

あなたがこの本を読んでいる最中に、おなかがすいたら、洗濯の終わりを知らせる音が鳴ったら、どこか行ったこともない場所で誰かが転んだら、短歌を詠んでみてほしい。きっと三十一音という韻律によって、世界のすべてがあなたとつながっていることを感じるはずだから。

最後に、監修を担当して下さった山田航さん、何度も相談に乗って下さった左右社の筒井菜央さん、初めて僕の短歌を掬い上げて下さり、帯文を寄せて下さった東直子さん、すべてを一冊の本にまとめて下さったデザイナーの北野亜弓さんに心より感謝いたします。

また、歌の大切な繋がりの場となった仙台アルデバラン歌会の皆さん、塔短歌会の皆さんにも感謝します。

そして、地元石巻でともに歌と向き合ってくれる「短歌部カプカプ」のみんな、いつも応援してくれる石巻のあらゆる仲間たち、親友の坂本卓朗と阿部達人、短歌の話は無視するけれど装画を提供してくれ、見守ってくれている妻の佐藤優花、世界の可愛さとぐうたらさを独り占めしたような愛猫のたべこぼし先生に、最大限の感謝を込めて、この一冊を贈ります。

二〇二〇年二月二十二日　石巻市中央の口笛が鳴る場所で

近江瞬

プロフィール

近江瞬（おおみ・しゅん）

一九八九年、宮城県石巻市生まれ・在住。
早稲田大学文化構想学部文化構想学科卒業。
塔短歌会所属。宮城県歌人協会会員。短歌部カプカプ代表。
第九回塔新人賞受賞。第三十一回歌壇賞最終候補作。
第一回笹井宏之賞最終選考通過。第六十一回短歌研究新人賞佳作。
ラジオ石巻「短歌部カプカプのたんたか短歌」パーソナリティ。
Twitter：@sun0690

飛び散れ、水たち

二〇二〇年五月三日　第一刷発行
二〇二三年三月一八日　第三刷発行

著者　近江瞬
発行者　小柳学
発行所　株式会社左右社
東京都渋谷区千駄ヶ谷三―五五―一二―B1
TEL　〇三―五七八六―六〇三〇
FAX　〇三―五七八六―六〇三二
https://www.sayusha.com

企画協力　山田航
装画　佐藤優花
装幀　北野亜弓（calamar）
印刷所　創栄図書印刷株式会社

 ISBN978-4-86528-274-0